52 MOMENTOS

52 MOMENTOS

MICRORRELATOS

Börkur Sigurbjörnsson

URBAN VOLCANO

52 momentos
Börkur Sigurbjörnsson

Creative Commons (BY-NC-ND) – 2018
http://creativecommons.org/licenses/by-nc-nd/3.0/

Tapa: Ana Piñeyro
Ilustraciones: Börkur Sigurbjörnsson
Editorial: Urban Volcano

http://urbanvolcano.net/

ISBN 978-9935-9337-7-5

Índice general

Buen día

—Buen día —dijo Laura, sonriendo a la primera ola de gente que salía a borbollones del tren y subía por la escalera en dirección al próximo andén.

—Buen día —dijo Laura al océano de viajeros que pasaba, gran parte de ellos con la mirada hacia el suelo, concentrados en llegar lo antes posible al trabajo.

—Buen día —dijo Laura a la masa silenciosa que casi no hablaba en las primeras horas de la mañana.

—Buen día —dijo una mujer joven que caminaba al final del grupo con la cabeza erguida.

—Buen día —dijo Laura—. ¡Que tengas un bonito día!

Laura miró a la mujer desaparecer en la cima de la escalera. Le pagaban por saludar al tránsito de la mañana, y ella consideraba un extra cuando algún voluntario le devolvía el saludo. Disfrutó el momento mientras esperaba que llegara el próximo tren, que sería en un minuto.

El jazmín

Regué el jazmín del dormitorio, aunque sabía muy bien que la planta estaba completamente deshidratada y muerta desde hacía unos meses. Sin embargo, no podía pensar en dejar de regarla. Había una voz en el fondo de mi cabeza que me decía que no podía discriminar entre mis plantas, incluso si algunas estaban muertas.

Punto de vista

Elizabeth levantó la mirada del libro. Estaba enfadada. El autor la irritaba. No toleraba su uso selectivo de las estadísticas para probar un punto que no era tan sencillo. O sus reivindicaciones sin argumento. O las interminables injurias hacia sus oponentes políticos.

Elizabeth habría abandonado el libro si no fuera porque tenía una buena premisa. Muchos de los argumentos eran atractivos, aunque presentados de manera vulgar y mal justificados. El autor estaba legítimamente enfadado, pero debería haber contenido su enojo.

Antes de volver al libro, Elizabeth tuvo una idea. ¿Por qué no apreciarlo por su valor real? Debía simplemente disfrutar el texto tal como era: el despotrique de un hombre maduro enojado. Debía borrar sus expectativas de argumentación intelectual y disfrutar de la montaña rusa emocional ofrecida por el autor.

Elizabeth volvió al libro, rió en voz alta y disfrutó la lectura como nunca antes.

Ceguera

Pasé la última página y cerré el libro. Había disfrutado muchísimo el *Ensayo sobre la ceguera* de José Saramago. Hacía mucho tiempo que no me sumergía tan profundamente en una trama. Hacía años que no sentía tanta empatía por unos personajes. Yo mismo era uno de ellos.

Miré a mi alrededor en el salón. Todo estaba blanco, uniformemente blanco-crema. No sé en qué página sucedió, pero había sucedido. Me había quedado ciego.

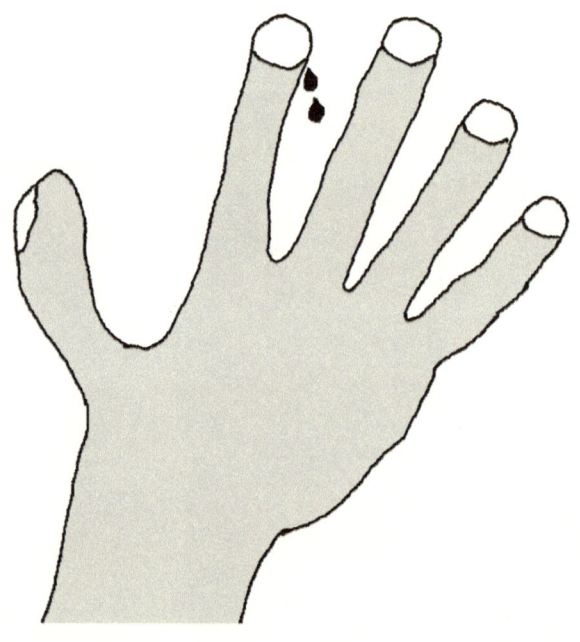

Mordiendo uñas

Dennis miró su reloj por trigésima vez en los últimos 5 minutos. Finalmente había llegado la hora de su reunión con los inversores. Lo harían pasar a sus oficinas en cualquier momento. Miró a su alrededor en la sala de espera, buscando algún signo de sus anfitriones. No vio más que al recepcionista profundamente concentrado en el contenido de su monitor.

Dennis mordió la uña del dedo índice de su mano derecha. Pasó su pulgar sobre la uña para remover cualquier rastro de saliva. Encontró piel suelta que le irritó. Mordió la piel y sintió sabor a hierro en sus labios. Apretó su dedo medio contra el dedo índice para intentar parar el sangrado. En vano. La lesión era demasiado grande.

—¡Dennis Newman! —dijo el recepcionista al otro lado de la sala de espera—. Están listos para verle ahora.

Get a life!

—*Get a life!* —dijiste y cerraste la puerta de un golpe. No entendí nada de lo que quisiste decir. Había logrado llegar a nivel 257 y tenía 84 vidas disponibles. ¿Cómo es posible superar algo así?

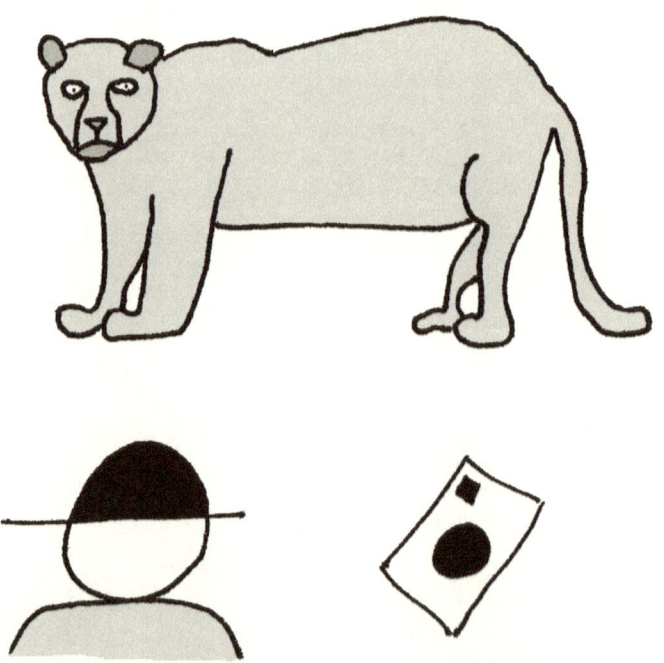

Libertad

Condujimos a través de los humedales al sur de la Amazonia; un conductor, un guía y cuatro turistas. Mirábamos atentos en todas las direcciones en busca del gran premio.

—Shhh —dijo el guía de repente y señaló hacia el horizonte. Seguimos su indicación río abajo y hacia la orilla opuesta. El conductor disminuyó la velocidad y condujo cuidadosamente a lo largo del río.

Cogí mi cámara y apunté el lente. El *jeep* paró y saqué una foto. Bajé la cámara y miré al gato a los ojos —al jaguar— que estaba parado majestuosamente en la orilla del río.

Respiré hondo y sentí una sensación de libertad cruzando por mi cuerpo. Esto era exactamente lo que tenía en mente cuando un mes atrás había decidido dejar mi trabajo, hacer un viaje y buscar aventuras.

Caminando contra el corriente

Cuanto más escucho presentaciones sobre cómo mejorar el bienestar en nuestras ciudades, más me siento un extraño en este mundo.

Mientras el mundo cree en un futuro con coches que se conducen sin intervención humana, yo sueño con un futuro donde los humanos caminan sin intervención de coches. Mientras el mundo está entusiasmado con la idea de instalar sensores para aparcamiento inteligente, yo considero caminar como la solución más inteligente para aparcar.

Cuando el mundo empieza a debatir la tecnología como la salvación de la humanidad, yo me voy a caminar por el parque.

Transferencia de energía

Salí del edificio de oficinas después de un día lleno de reuniones. Estaba agotado mentalmente, pero me apetecía hacer actividad física. Necesitaba descargar la energía estática que se había acumulado en mi cuerpo durante el día y transformarla en energía mental. En lugar de ir directamente a la estación más cercana para tomar el primer tren a casa, decidí caminar hacia una estación más adelante en la ruta.

Caminando a través del parque que había al otro lado de la calle de la oficina, sentí la brisa fresca limpiando mis pulmones del aire viciado de las salas de reuniones. Disfruté mirando a las ardillas correr y escuchando a los pájaros piar. Al llegar a la calle del otro lado del parque los músculos de mis hombros se relajaron, enderecé mi espalda, erguí mi cabeza y comencé a observar el mundo a mi alrededor con conciencia plena.

Después de recorrer con la mirada a mi alrededor, sentí un nudo en mi estómago; mi mente saltó a los ataques terroristas de la semana anterior. Mi cerebro empezó a correr. ¿Era seguro estar en la calle? ¿Estaba haciendo una tontería? ¿Era una locura arriesgarme innecesariamente? ¿Estaba loco por exponerme deliberadamente a los terroristas, sus furgonetas, cuchillos y explosivos?

Sentí mis músculos endurecerse, mi corazón latir más rápido y mi respiración volverse más superficial. Desconfié de la gente con mochilas. Me asusté de las furgonetas blancas. Tuve miedo al cruzar la calle. Mi observación consciente se transformó en escrutinio paranoico. Me di vuelta y caminé tan rápido como pude hasta la estación de tren más cercana.

Falta de utilidad

—Dejé completamente de leer obras de ficción —dijo mi compañero de trabajo cuando la conversación giró hacia la lectura—. Quiero decir, no tiene utilidad.

Pensé en expresar mi opinión de que era precisamente la falta de utilidad que hizo a las obras de ficción tan interesantes y divertidas. Al final, decidí simplemente asentar con la cabeza y sonreír. Era más interesante debatir el tema conmigo mismo, en mi mente, que tratar de sembrar semillas de creatividad en la mente hiperrealista de mi compañero.

Köningsegg

Caminé hacia el lavabo para lavarme las manos. Me miré en el espejo y sonreí cortésmente al reflejo del hombre que estaba en el lavabo contiguo.

—¿Vosotros estáis en la industria automovilística? —preguntó.

—No —contesté dudando, porque no sabía exactamente a quién se refería con «vosotros». No conocía a toda la gente que estaba en nuestra mesa en el club, pero estaba bastante seguro de que ninguno de ellos trabajaba en la industria automovilística.

—El calvo se parece mucho a Köningsegg —dijo el hombre—. Y tú te pareces a su ingeniero principal.

—Lo siento —dije, secándome las manos—. Nos confundes con otras personas.

Caminamos juntos de vuelta a la sala del comedor y pensé que era un cambio agradable, por una vez ser confundido con alguien más que Jürgen Klopp.

Olas

Estoy tirado boca arriba con mis bazos extendidos. Está medio nublado, pero confortablemente cálido. El mar debajo de mí y a mi alrededor está tibio pero refrescante. Las olas del océano me suben y bajan alternadamente. El tiempo se detiene. Vacío mi mente. Mi única sensación es mi cuerpo oscilando con el ritmo de las olas.

—Ventana —contesté cuando el empleado en el mostrador de facturación del aeropuerto me preguntó si quería un asiento junto a la ventana o al pasillo.

—Tengo 17A —dijo el hombre—. ¿Qué le parece?

—Imposible, de ninguna manera —contesté—. No puedo sentarme en un asiento A. No puedo estar del lado del océano cuando aterrizamos. Necesito ver la tierra. No puedo pensar en descender hacia el océano. ¿No tiene ningún asiento F?

—Pues, sí —dijo el hombre—. 20F está disponible.

—20F —repetí, pensativo—. Eso es 527 en el sistema hexadecimal. 17 veces 31. 17 veces 3 más 1. Es 17 veces 4. 174. Que suena casi como 17A. ¡Es casi el mismo asiento que me ofreció al principio!

—¿Disculpe? —preguntó el hombre—. ¿Tampoco ese le va bien?

—¡Sí! —contesté—. Por supuesto que ese me sirve.

Saludo de cabezas

En la máquina de café me encontré con un hombre. Nos saludamos con la cabeza, cada uno reconociendo la presencia del otro.
Nos habíamos encontrado bastante regularmente durante las
últimas semanas y siempre nos saludamos con la cabeza.

Sabía que había hablado con este hombre en algún momento, pero no podía, por el amor de un sobrehumano ateo, recordar dónde había sucedido, cuándo o quién era este hombre.

Miramos fijamente hacia el techo en un silencio torpe mientras la máquina sirvió el líquido caliente y negro en su taza.

—Hasta luego —dijo cuando su taza estaba llena.

—Adiós —respondí, poniendo la mía bajo el grifo y apre-
tando el botón para servir un café solo.

La carta

Entré en el trastero y miré la pila de cajas. Sabía que mi diploma estaba por ahí, en algún sitio; la prueba de que había terminado mi Máster en Geología.

Abrí las cajas, una a una, buscando la carpeta correcta. Tuve suerte con la tercera. Saqué la carpeta de la caja y la abrí con cuidado. Aunque no con el suficiente esmero como para evitar que una carta cayera al suelo. Poniendo la carpeta a un lado, estiré el brazo hacia el sobre amarillento que no estaba dirigido a nadie.

Extraje una hoja de papel que contenía una escritura densa y empecé leer. Una sonrisa iluminó mi cara al reconocer mi propia letra explicando a mi familia y amigos el motivo por el cual había decidido no terminar mi Máster en Geología: porque no podía más.

Había olvidado esta carta por completo. La carta que nunca envié pero que sirvió para calmar el alboroto en mi cabeza. Me ayudó a respirar hondo y enfocarme en terminar mi tesis.

Fuera de contacto con la realidad virtual

Estoy totalmente fuera de contacto con la realidad virtual. Me gusta pasar el tiempo en la naturaleza, con un cuaderno de papel y pluma estilográfica. No requiere pilas.

Manifestación

Me senté con un cartón grande y un rotulador. Quería escribir un mensaje potente al mundo. Quería manifestarme. Pero, ¿qué quería manifestar? El estado de la sociedad. Pero, ¿qué aspecto de la sociedad? Quería manifestarme contra los banqueros. Pero, ¿qué sabía yo de derivadas e ingeniería financiera? Quería manifestarme contra los políticos. Pero, ¿qué habían hecho los políticos realmente?

No tenía ni idea. Me sentí impotente por no poder identificar lo que quería manifestar. El estado de nuestra sociedad es tan complejo que solamente sabía que las cosas no encajaban, pero no podía decir cuál era el problema. Pero, ¿no era ese realmente el problema?

Cogí el rotulador con fuerza y escribí mi mensaje al mundo: «¡Demando una sociedad simple, donde gente como yo pueda saber lo que quiere manifestar!».

Insomnio

A las cinco de la mañana estoy sentado en el suelo del salón, disfrutando de escuchar el silencio. De vez en cuando oigo un coche conduciendo por las calles que, por lo demás, están vacías. A las seis, los pájaros se despiertan y empiezan a piar. A partir de las siete los humanos se ponen en marcha, uno detrás del otro, y la ciudad se llena de vida. A las ocho, me duermo.

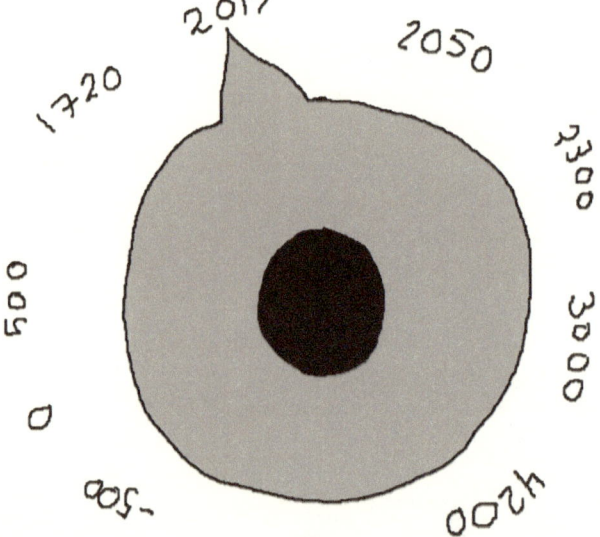

La máquina del tiempo

Billy ajustó el último tornillo. Su vida estaba a punto de cambiar para mejor. Durante los cuarenta y cinco años desde el día de su nacimiento había vivido siempre en el mismo pueblo. En un lugar aburrido donde verdaderamente no pasaba nada. Ahora las cosas iban a cambiar. Billy había construido una máquina que le permitiría viajar hacia delante o atrás en el tiempo hasta los días de gloria de ese lugar.

Se sentó en la máquina y giró el dial 30 años hacia el futuro, al año 2047. Hubo un ruido ensordecedor durante un momento antes de que la máquina se calmara de nuevo. Billy miró a través de la ventana y vio una envejecida imagen de sí mismo, balanceándose en una mecedora al lado de un objeto de metal oxidado que se parecía mucho a su máquina del tiempo.

Desilusionado con la falta de acción, Billy giró el dial atrás hasta 1600. De nuevo, el ruido ensordecedor antes de la calma. Bajó de la máquina y se encontró en medio de una tierra sin cultivar. El sol brillaba en el cielo y no había nada que ver salvo los campos vacíos que se extendían hasta el horizonte.

Billy pasó el resto de la tarde viajando adelante y atrás en el tiempo, buscando momentos emocionantes. No encontró ninguno y concluyó que su pueblo era simplemente el lugar más aburrido de la tierra, independientemente del tiempo.

Después de varias horas de viajar a través del tiempo, volvió al 2017, cogió una cerveza fría de la nevera y se sentó en la mecedora de su porche. Miró la máquina del tiempo y se dijo a sí mismo:

—Tenía que intentarlo.

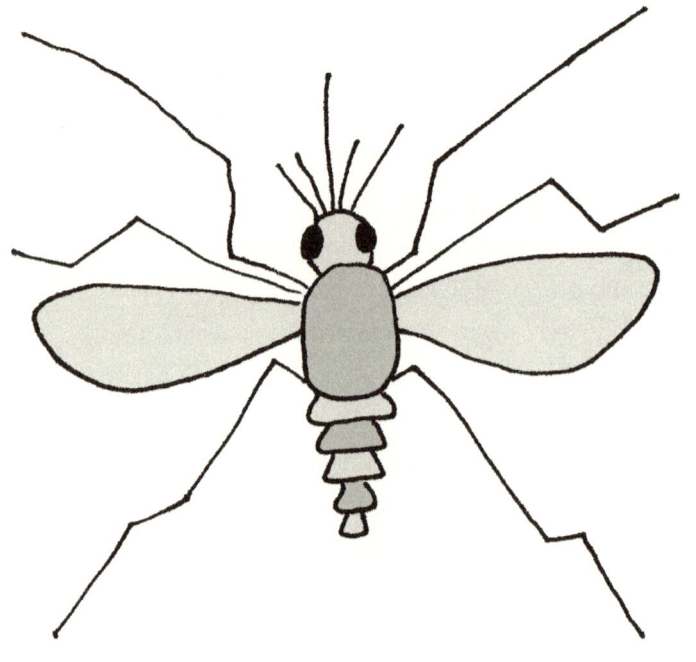

Venganza de sangre

Escuché a la bestia acercándose, golpeé mi brazo con la palma de mi mano, dejando rastros de sangre en ambas partes del cuerpo. Cogí una servilleta y removí el líquido rojo.

Soy, en términos generales, amigo de los animales, vegetariano y miembro de varias asociaciones para promover su bienestar. No obstante, hay algo en el acto de matar mosquitos que me da un gran placer. Lo llamo «venganza de sangre».

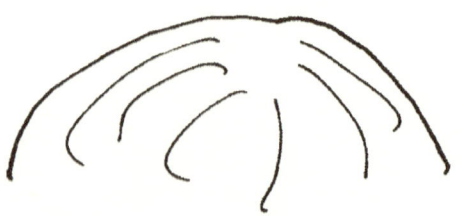

El libro secreto

Entré en el vagón del metro, me senté y extraje un libro de Nabokov de mi mochila. Antes de empezar mi lectura eché un vistazo a la fila de asientos al otro lado del pasillo.

Sentada diagonalmente frente a mí, había una mujer joven leyendo *El desayuno de los campeones*, de Kurt Vonnegut. Mis prejuicios me dijeron que eran una pareja rara, ella y Kurt. La mujer parecía feliz y llena de vida. Sería más adecuada para *Desayuno en Tiffany's*.

Al lado de la mujer había un hombre leyendo *La señora Dalloway*, de Virginia Woolf. Parecía todo un caballero, con su traje de rayas y su pelo peinado hacia atrás, como sacado de una historia de la alta sociedad inglesa. Sonreí a mí mismo mientras lo imaginaba como uno de los invitados en la cena de la señora Dalloway.

Continué mi escrutinio por la fila de asientos y mi mirada se detuvo en una mujer que leía en un Kindle. La sonrisa desapareció de mis labios. No me gustan los libros electrónicos. No poder ver lo que la gente lee, arruina mi pasatiempo favorito.

¿Qué pienso cuando pienso sobre la vida?

Estaba de un humor filosófico y decidí escribir un ensayo titulado: «¿Qué pienso cuando pienso sobre la vida?».

Empecé abordando las grandes preguntas: ¿Por qué estamos aquí? ¿Por qué estoy aquí? ¿Por qué estoy sentado aquí en un café en el este de Londres tomando un café descafeinado con leche de soja caramelizada?

En eso, pasó Steve por mi mesa y perdí el hilo de mis pensamientos. Steve tiene un reloj retro de los años ochenta, súper impresionante, con el que puedes jugar videojuegos. Lo invité a sentarse. Tenía muchísimas ganas jugar.

Sentado sobre el niño que hay en uno mismo

Cuando el respetado orador terminó su charla, tuve muchas ganas de hacer un comentario. Lo que había dicho no tenía ningún sentido; su charla había sido totalmente vacía de contenido. Obviamente, él había perdido contacto con la realidad y estaba firmemente encerrado en su torre de marfil.

Estaba a punto de pedir la palabra cuando recordé que, no hacía mucho, me había prometido a mí mismo no meterme en asuntos que no eran de mi incumbencia. En este caso, mi comentario no iba a tener ningún efecto, iba a rebotar en el orador como agua en la espalda de un ganso.

Me contuve. Como decimos en Islandia, me quedé sentado sobre el niño que hay en mí. A veces esto hace la vida más fácil.

Tiburones

No puedo evitar sonreír al pasar nadando por la gran ventana de vidrio del lado profundo de la piscina. Pienso en la época en que apenas me atrevía a nadar en esa parte de la piscina por miedo a que la ventana se abriera de repente y escaparan los tiburones come-humanos.

Me surgen sentimientos encontrados al recordar cuán difícil era ser niño con una imaginación tan amplia, terriblemente asustado de mis propias creaciones ficticias.

El borde exterior del sistema solar

—Escuché un programa interesante en la radio esta mañana —dijo Jo-Anne a Daniel cuando estaban sentados en el sofá, bebiendo oporto después haber acostado a las niñas—. Preguntaban a la gente en la calle cómo reaccionarían ante la oferta de un billete solo de ida hasta el borde exterior del sistema solar.

—¿Y? —preguntó él sin subir la mirada de la revista de jardinería que leía—. ¿Cómo reaccionaron?

—Había una mezcla de respuestas —respondió Jo-Anne—. Algunos estaban súper entusiasmados mientras otros parecían ofendidos por la idea.

—Yo me ofendería —indicó Daniel—. Es una propuesta indecente.

—Me lo puedo imaginar —dijo ella, sonriendo, mirando por la ventana de la sala hacia la fila de árboles que bordeaban el jardín—. Yo me iría.

—¿Qué? —preguntó Daniel, cerrando la revista y subiendo la mirada hacia Jo-Anne—. ¿Y yo? ¿Las niñas? ¿Las rosas?

—¡No te preocupes! —exclamó Jo-Anne, mirándolo a los ojos—. Hay abundantes mujeres adorables en esta tierra a las que seguro les encantaría convertirse en madrastras de las niñas y las rosas. Pero ir hasta el borde exterior del sistema solar, esa es una oferta única.

Silencio agradable

Estamos los tres sentados juntos en el salón —mis anfitriones y yo— cada uno en su mundo. Ella lee un periódico. Él juega un videojuego en su tableta. Yo escribo. En un primer plano, hay silencio; en el fondo, jazz en un volumen bajo. De vez en cuando ella nos cuenta noticias del periódico. Nosotros escuchamos, discutimos y volvemos a nuestro propio mundo.

Katmandú y Kaiserslautern

—Leí un artículo interesante en el periódico esta mañana —le comentó Jo-Anne a Daniel cuando estaban tirados sobre sus pañuelos en la playa de Cerdeña, secándose después de haberse dado el primer baño del día en el Mediterráneo—. Preguntaban a la gente en la calle cómo reaccionarían ante la oferta de un billete solo de ida hasta el borde exterior del sistema solar.

—¿Y? —preguntó Daniel sin subir la mirada de la revista de golf que leía—. ¿Cómo reaccionaron?

—Había una mezcla de respuestas —respondió Jo-Anne—. Algunos estaban súper entusiasmados mientras otros parecían ofendidos por la idea.

—Me lo puedo imaginar —afirmó Daniel—. Es una propuesta intrigante. ¿Tú cómo reaccionarías?

—Creo que me abstendría —confesó Jo-Anne, sonriendo, mirando sobre la superficie del agua hacia el horizonte donde se fundía con el cielo azul—. Hay tantos lugares en esta tierra que aún no he visto, como Katmandú.

—O Kaiserslautern, de hecho —añadió Daniel, cerrando la revista y juntando su mirada a la de Jo-Anne en el horizonte.

—¡Claro! —dijo Jo-Anne—. Katmandú y Kaiserslautern son muy buenos ejemplos de lugares exóticos que visitaría antes de irme hasta el borde exterior del sistema solar.

Muerte de un matador

Ayer un matador falleció a consecuencia de una cornada inferida por un toro en un pueblo pequeño del norte de España. El incidente ocurrió frente a una taberna, justo en la plaza principal poco antes de medianoche, hora local. El matador pretendía volver a su casa después haber pasado la noche en la taberna, contando historias de su heroísmo en la plaza de toros, cuando el toro le atacó por sorpresa.

El toro huyó de la escena, pero fue encontrado en la madrugada en un campo en las afueras del pueblo. No se sabe aún si el perpetrador y la víctima se conocían, pero hay sospechas de que el acto fue cometido en venganza por la muerte de un familiar cercano.

El garabato

La charla era terriblemente aburrida, por lo que me entretuve garabateando. Realmente me gustaba dibujar, formar motivos, animales, árboles y gente. Me consideraba a mí mismo un artista, incluso si no ganaba dinero con mis obras.

El mundo, sin embargo, era más hostil hacia mis creaciones. Esto no es arte, decía. Esto es vandalismo, decía el mundo, como si mis formas fueran una ofensa para la humanidad.

—¡Oye! —gritó de pronto el hombre que estaba sentado enfrente de mí en la sala de conferencias—. ¡Estás dibujando sobre mi chaqueta!

Mi punto, precisamente. El mundo no tiene apreciación por las bellas artes.

¿Cómo estás?

¿Cómo estás?, preguntas con una voz suave y una sonrisa simpática en tu cara.

Antes de que me preguntaras, estaba bien. Estaba tranquilo. Estaba disfrutando de la vida. Había olvidado mis problemas financieros. Había olvidado la presión del tiempo. Había olvidado el pleito. Estaba realmente bien.

Ahora que lo preguntas, empiezo a pensar y mi ansiedad vuelve con toda su fuerza.

Chaparrón

Estaba dando una charla en una reunión de mediodía cuando empezó a llover. La lluvia caía del cielo como derramada de un cántaro.

—Permiso —dije, y me marché de la sala.

Caminé a lo largo del pasillo, escaleras abajo, a través de la recepción y por la entrada principal hasta que me detuve en el centro de la plaza frente a las oficinas.

Me quedé quieto, dejando que la lluvia bombardeara mi cabeza. Disfruté sintiendo las gotas correr sobre mis sienes, cuello, pecho, torso, muslos, espinillas y hasta los dedos del pie.

Después de cinco minutos bajo el chaparrón, volví hacia las oficinas, por la entrada principal, a través de la recepción, escaleras arriba, a lo largo del pasillo y hasta la sala de reuniones.

La reunión estaba en plena marcha con una discusión animada que se detuvo tan pronto como abrí la puerta, caminé hacia la plataforma dejando un torrente de agua detrás de mí y retomé el hilo de la charla donde lo había dejado.

Se busca monarca

Cargo

- Monarca

Habilidades esenciales

- Nacido en el momento correcto, de los padres correctos

Habilidades deseadas

- Buenos modales en la mesa

- Se valora alfabetización

Nosotros ofrecemos

- Lealtad incuestionable

Escalofrío

La puerta se golpeó con tanta fuerza que me sobresaltó. Miré el reloj en la mesa de luz. Eran las seis. Al fin y al cabo, solo había sido un sueño.

Aunque era un mañana de verano calurosa, sentí un escalofrío recorriendo mi cuerpo. El sueño me había dejado una sensación incómoda. Me sentía ajeno a mí mismo.

Me di una ducha para sacarme el frío del cuerpo; temblé bajo el agua caliente.

—Te has levantado pronto hoy —dijo mi mujer cuando salí del baño—. ¿Qué ha pasado?

—He tenido un mal sueño —contesté sin esfuerzo por disimular mi sonrisa forzada—. Estaba en el trabajo. Al principio mi escritorio estaba debajo de una claraboya que goteaba. Luego, al lado de una puerta donde un viento gélido se colaba cada vez que alguien entraba o salía. Estaba congelado hasta los huesos. Mi teclado estaba oxidado. Caminaba por la oficina buscando un lugar mejor para trabajar, sin éxito.

—Necesitas empezar a buscar un nuevo trabajo —señaló mi mujer—. Este no es para ti.

La novela

Abrí el cuaderno y empecé a escribir. Las palabras saltaron de la punta de mi bolígrafo como paracaidistas azules de la escotilla de un avión. El cuento fluyó como un río caudaloso en primavera. Me sentí bien. Disfruté colándome en el mundo de la novela. Disfruté sumergiéndome completamente en un universo donde la trama estaba bajo mi control.

Persiguiendo un sueño

Abro los ojos, miro hacia el techo y veo la lámpara oscilando hacia adelante y hacia atrás junto a la brisa que entra por la ventana. He estado soñando. Estábamos juntos en una plaza bulliciosa de una ciudad mediterránea. Hablábamos. Estabas a punto de decirme por qué me dejaste, por qué desapareciste de mi vida.

Cierro los ojos y vuelvo a la plaza. Miro a mi alrededor para encontrarte. No te veo por ninguna parte. La plaza está vacía. Empiezo a correr. Corro arriba y abajo por las calles alrededor de la plaza, buscándote. Necesito encontrarte. Necesito saber por qué me dejaste. Corro por una calle, giro y sigo por otra. Como la plaza, las calles están vacías. No hay nadie por ninguna parte. El sueño ha desparecido.

Vuelvo a la plaza, jadeando después de tanto correr. Me inclino hacia adelante, poniendo las manos sobre mis rodillas, y trato de respirar normalmente. Sé que la persecución es en vano. Nunca te voy a alcanzar. Me doy por vencido, abro los ojos y vuelvo a la realidad.

El signo

Lamenté haberle pedido un signo a Dios. No estaba viendo las cosas más claras que antes. Estaba igual de confundido. Tal vez estaba todavía mareado después de haber sido alcanzado por el rayo, pero no me atreví a pedirle a Dios que desarrollara el tema.

Museo de la paz

Una sensación de paz invadió mi cuerpo al entrar en la sala principal de exposiciones del museo. Sentí mi respiración hacerse más lenta y volverse más profunda. No sé mucho de arte o sobre artistas. No puedo distinguir un «ismo» del otro. Nunca he sido elogiado por mi sentido de la estética. Sin embargo, hay algo en el hecho de visitar museos que me relaja. Tal vez sean los espacios grandes y vacíos. Tal vez sea el paseo ocioso. Tal vez sea porque dejo de pensar y simplemente miro las obras sin juzgarlas. No entiendo por qué me siento así. Simplemente lo hago. Y me gusta.

Reembolso

Disfruté corriendo en mi bicicleta cuesta abajo. El sol reflejaba en mi frente y el viento jugaba con los cabellos que se asomaban por debajo del casco. Sentí un cosquilleo en el estómago porque la velocidad iba llegando al límite de lo que podía manejar cómodamente.

Estaba en el séptimo cielo, hasta que me di cuenta de que al volver a casa necesitaría pagar por este momento de alegría subiendo la colina.

El recreo

Apilé los vasos de plástico formando una estructura similar a la de un castillo de naipes. Pinché uno de los vasos con una perforadora, encadené unas bandas de goma, las enhebré a través del agujero del vaso y lo até a mi cabeza, como un sombrero de vaquero. Me miré en el espejo, hice un guiño, disparé a mi reflejo con el dedo índice y soplé el humo. Estaba *on fire*.

Cogí el resto de las bandas de goma, di cinco pasos alejándome del escritorio y empecé a disparar mi munición a la pila de vasos. Me encantaba tener mi oficina privada. Era tan divertido poder cerrar la puerta y pasar un buen rato mientras nadie me veía.

Había tirado abajo casi todos los vasos cuando el intercomunicador interrumpió mi juego.

—¿Sí? —contesté con la voz severa que uso cuando no quiero ser molestado.

—Señor primer ministro —dijo la voz del intercomunicador—. Lo llama la reina. Dice que es urgente.

—Ah, ya veo —suspiré, pausando un momento—. Bueno, vale, pásamela.

Sentidos

José miró fijamente a su amigo que estaba sentado al otro lado de la mesa, hablando sin parar. Observó cómo las fosas nasales vibraban en sintonía con las palabras que fluían de su boca. José disfrutó siguiendo el movimiento de la nuez de Adán de su amigo, que oscilaba de arriba abajo como boya en agua turbulenta.

José no tenía ni idea de qué estaba hablando su amigo. Todos hemos nacido con diferente sensibilidad en los sentidos. La visión de José era mucho más reactiva que su oído. Por lo tanto, elegía como amigos a gente que hablaba mucho pero cuyo discurso tenía poco contenido y no requería necesariamente de una audiencia.

Torre Norbert Peterson

Norbert Peterson emergió lentamente de la estación de metro, agarrándose al pasamano de la escalera mecánica. Estaba yendo por primera vez a ver la obra terminada de su primer rascacielos: la Torre Energía-KP o Torre Norbert Peterson, como la llamaban sus compañeros de trabajo. Era la torre que lo llevaría de ser simplemente un arquitecto más a ser un arquitecto estrella.

Una vez en la calle, la mirada de Norbert recorrió su diseño con vacilación de abajo hacia arriba. Cruzó la calle para tener un ángulo mejor. Caminó de espaldas con la mirada fija en su creación.

Norbert sacudió la cabeza. No funcionaba. No encajaba. El volumen que se veía tan bien en la maqueta en su estudio simplemente no funcionaba en el escalado a tamaño real.

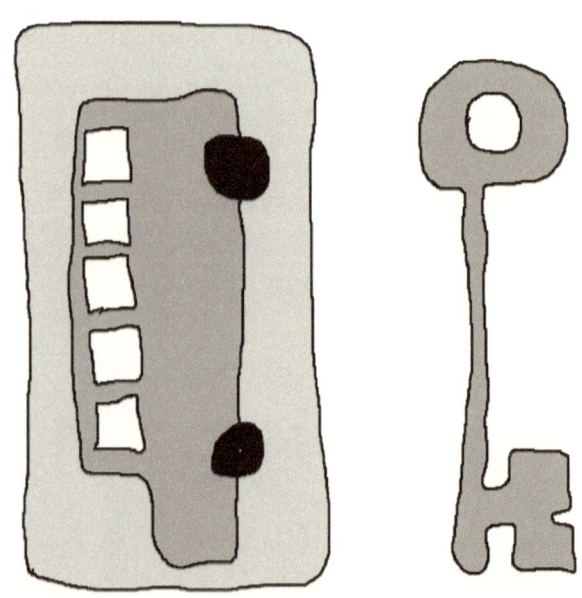

Algo no encaja

Victoria llegó a la puerta de su casa, mentalmente agotada después un día largo y demandante en la oficina. Sacó la tarjeta del trasporte público de su bolsillo y la puso en el ojo de cerradura. Su cerebro estaba demasiado cansado para reaccionar inmediatamente, pero en el fondo sabía que algo no encajaba.

Fuego amigo

Al entrar en el tren, Pedro notó que estaba extraordinariamente lleno para la hora del día. Miró a su alrededor y de milagro vio un asiento plegable que estaba ocupado solo por una mochila. Cuando Pedro se acercó, el propietario de la mochila —un adolescente— miró hacia arriba, sonrió, retiró la mochila y sostuvo el asiento mientras Pedro se sentaba.

—¡Gracias! —dijo Pedro, impresionado por la cortesía del joven pasajero. Si solo hubiera más como él en su generación. Era un ejemplar brillante.

El tren inició la marcha y Pedro se puso cómodo, sacó su libro y empezó a leer. Disfrutaba de poder sumergirse en un buen libro durante el trayecto al trabajo.

Pedro no había leído muchas palabras cuando fue interrumpido por un murmullo de balazos, explosiones, gritos y llantos. Parecía que alguien estaba jugando a un videojuego o mirando una película en su móvil sin usar auriculares. Era un escándalo. ¿Cómo podía alguien quebrantar la tranquilidad del tránsito de la mañana con un comportamiento tan desconsiderado? Necesitaba hacer algo para pararlo.

Pedro miró hacia arriba y descubrió, para su horror, que el generador del ruido era el joven agradable que le había cedido el asiento. Abrió la boca, pero no fue capaz de decir nada. No podía regañar a ese adolescente que había sido tan amable.

Sobrehumano

—¿Es verdad? —preguntaste cuando te conté el rumor que corría en la cafetería a la hora de comer.

—Por lo que yo sé, sí, —contesté—. No puedo saberlo con certeza. Soy apenas humano. No historiador.

—¿Tú ves a los historiadores como criaturas sobrehumanas?

—No —contesté—, es una forma de decir.

El cuerpo que lloró

Roberto sintió un dolor suave en el pecho y le faltaba el aire. ¿Sería un ataque al corazón? No, el dolor era en el lado derecho y el corazón está en el izquierdo. ¿Acaso eso importaba? Sentía su corazón latir más rápido. ¿Era realmente un dolor físico? ¿O sería psicológico? ¿Un ataque de pánico? ¿Era muscular o músculo-esquelético? ¿O algo entre medio?

Roberto respiró hondo, miró a través de la ventana y fijó su mirada en las montañas distantes. El dolor se esfumó, su respiración se estabilizó y el latido de su corazón volvió al ritmo normal.

Roberto sabía que escuchar a su cuerpo era una parte importante de la medicina preventiva. Solo hubiera deseado que su cuerpo fuera más elocuente al expresar lo que le quería decir.

En tren

Tenía problemas para concentrarme en mi libro gracias a un niño que hablaba sin parar al otro lado del pasillo.

—¡Papá! —dijo el niño—. ¿Está toda la gente yendo a Londres?

—No sé —contestó el padre.

—¡Papá! ¿A cuánto queda Londres en tren?

—Tres horas.

—¡Papá! Si una persona no tuviera suficiente dinero para pagar el billete de tren y necesitara caminar toda la ruta a Londres, ¿cuánto tardaría?

—Unos días.

—¡Papá! Y cuando llegara a Londres, ¿estaría muerta?

—Sí —respondió de nuevo el padre—. Muerta de cansancio.

Piedras

Abrí la maleta y camisetas y pantalones cortos saltaron en todas las direcciones. Tiré con ímpetu toda la ropa al canasto.

Al fondo de la maleta encontré las dos piedras pequeñas que había puesto en mi bolsillo en una de mis caminatas por la isla. Sacudí la cabeza. ¿Por qué habré persistido en la idea de algún día refrescar mis conocimientos de geología analizando piedras y minerales?

Abrí el cajón del escritorio y saqué dos bolsas pequeñas. Puse una de las piedras en cada bolsa y pegué etiquetas donde escribí: «Ibiza 2010». Abrí el armario y saqué una caja pesada. Puse las piedras dentro de la caja, junto a centenares de bolsas similares. Cerré la caja, sabiendo muy bien que nunca volvería a ver las piedras de nuevo.

El barbero

Escucha, dijo el barbero mientras me sentaba en su silla. He sido barbero durante 30 años. He tenido el pelo de un millón de personas interesantes en mis manos. He oído todas las historias posibles bajo este sol. Basta, se acabó. No me interesa saber quién eres, de dónde vienes, ni qué vas a hacer este fin de semana. Simplemente voy a cerrar mi boca y cortar tu pelo. ¿De acuerdo?

El hombre que susurraba a los perros

Después de la cena en el hotel rural, decidimos caminar por la granja antes de volver a nuestra habitación. Seguimos el camino de grava, brazo con brazo, por los oscuros alrededores, mirando las estrellas y bebiendo la noche silenciosa.

Cuando nos acercábamos a la caballeriza, dos perros corrieron hacia nosotros, ladrando a pleno pulmón. Pude sentir nuestros cuerpos endurecerse, nuestros corazones latir más rápido y dudamos si continuar el paseo por este camino.

—Shhhh —susurré en la dirección por donde se acercaban los perros y extendí mi brazo con la palma de la mano abierta.

Los perros se detuvieron y tomaron una posición defensiva en medio del patio frente a la caballeriza, gruñendo en nuestra dirección. Aunque todavía tensos, pude sentir nuestros cuerpos relajarse un poco al calmarse la situación.

—Guau, eso fue increíble —dijiste en voz baja cuando habíamos pasado la caballeriza y tomado otro camino de vuelta hacia el hotel—. ¡Cómo lograste calmar a esos perros!

—Eh... —admití—, la verdad es que no era a los perros a quienes intentaba calmar.

—Oh —dijiste, apoyando tu cabeza en mi pecho—. Entonces intentabas calmarme a mí. Pues eso funcionó también.

«En realidad, tampoco trataba de calmarte a ti», pensé, pero decidí guardarme el hecho de que mi acción había sido puramente introvertida.

El barrendero

Lo encuentro cada mañana en mi ruta al metro. Está siempre en la misma esquina de la calle, barriendo y paleando montañas de hojas caídas. Nos saludamos. Es una parte agradable de la rutina diaria.

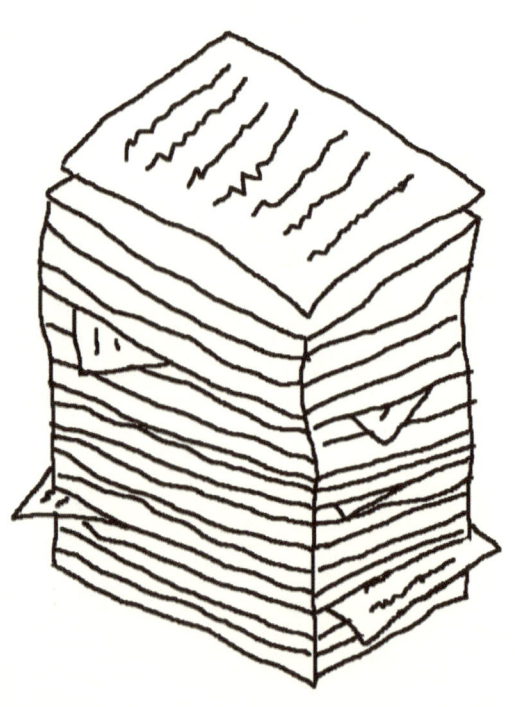

Autobiografía

Puse el bolígrafo sobre la mesa, pasé la página y la coloqué encima de las anteriores. Aquel montón de papel formaba el primer borrador de mi autobiografía. En mis 40 años como escritor, nunca había escrito tantas mentiras. Nunca había puesto tanta ficción sobre papel. A pesar de todo, la autobiografía era consistente con la percepción que había retratado a través de los años; fiel al humo y a los espejos que yo mismo había construido alrededor de mi vida personal.

La verdadera historia de mi vida estaba escrita en mis novelas. Quince *best-sellers* de ficción fingida. Los libros que los críticos convencionales rechazaban como inmorales e irreales, con personajes defectuosos. Las mismas historias que mis seguidores aclamaban con satisfacción perversa. Los reportes de una vida que nadie se atrevía a admitir que deseaba pero que todos anhelaban en secreto.

Esa era mi vida real, pero ni siquiera yo me atrevía a confesarlo.

Visión de futuro

Tirado en la cama, pensaba en cómo mi vida había cambiado después publicar mi colección de microrrelatos.

Había sido un éxito y se habían vendido un millón y un ejemplares. Usé el dinero para hacer realidad un viejo sueño. Compré una villa antigua sobre el Mediterráneo y pasaba mis días dando caminatas contemplativas por la playa y sentado en mi balcón con una copa de vino en un mano y un bolígrafo en la otra.

En el fondo, sabía que estos pensamientos eran solo disparates poco realistas. Sin embargo, me permitían mantener una perspectiva positiva, bajar mi nivel de estrés y me ayudaban a quedarme dormido.

Leer más...

...relatos de Börkur Sigurbjörnsson en:

http://urbanvolcano.net

www.ingramcontent.com/pod-product-compliance
Lightning Source LLC
Chambersburg PA
CBHW020420150626
46554CB00014B/2155